忘れられた町並みを行く

― 名所旧跡詩集

Nagara Koichiro
永良弘市朗詩集

竹林館

忘れられた町並みを行く　――名所旧跡詩集

目　次

一　都会の死角

二　湖西のたたずまい

五　真田家の美学

カバー切り絵「宇陀市の街並み」・北野八十

忘れられた町並みを行く

――名所旧跡詩集

一　都会の死角

下町模様　開拓地の跡は

此花、千鳥橋の交差点に立った
道路は整備され縦横に車が走り回っている
駅前と幹線道路際はドラッグストアと食品スーパーの消耗戦

ここは四貫島
商店街が三本もあり
往事の繁栄ぶりが見えてくる
裏通りには二階建ての二軒長屋、四軒長屋があり
工業地帯の所帯持ちの宿屋街だった
煙突に♨マーク
今も現役の風呂屋が柴を積み上げ
暖簾を出している
この狭い地域に西念寺、正蓮寺をはじめ寺が多い
川施餓鬼の正蓮寺は
飢えや乾きに苦しんでいる有縁《うえん》無縁の供養するお寺
施餓鬼はここから始まった

潮の香りが漂っている

江戸時代に豪商によって開発・開墾された新興地
鴻池の本宅もここに現存していた
安治川と正蓮寺川を運河に工業の集積をもたらし
火力発電所を軸にあらゆる分野の工場が軒を並べている

物言わない路地には
昔のにぎわいの残像が見え隠れ
過去と現代が仲良く街を創っている
今も昔も
憂さを晴らすには酒
ラウンジにスナックそして酒房の看板が
裏通りにしっくりとはまり込んで
入りたくなるようなたたずまいは
心のすきまをついてくる

＊ＪＲ環状線　西九条駅
　阪神電鉄阪神なんば線　千鳥橋駅

大坂の果て　住之江

汐のにおいがする下町
路地裏には繁栄期の遺物が巣くっている
うだつの上がった　虫籠窓《むしこまど》のある旧家もある
造船の町だった
今は繁栄のつめ跡もない

住み吉《よ》しが語源の住吉区
住吉大社を後に西へ
粉浜・浜口・御崎
海に関する町名が多い
開拓地として発展した

広々とした公園が二か所
住吉公園・住之江公園
公園傍には住之江競艇場
歓声とときめきが上がって
静けさと騒がしさが混在している

静寂の一角にたどり着いた
長屋門をくぐると
ここが旧加賀屋新田会所
新田開発の経営拠点とした
二五〇年むかしの豪商の暮らしの跡が残されている
茶人の粋を極めた築山林泉回遊式庭園が広がっている
庭園の池から
屋敷の外を流れている十三間堀川を難波へ
道頓堀の芝居小屋まで繰り出した
加賀屋甚兵衛は文化人・粋人
文人墨客《ぶんじんぼっかく》　教養人が集まるサロンであった

貯木池が散開している
海岸線まで続いている
静かな町並みは
変化をつけて続いている

＊大阪メトロ四つ橋線　住之江公園駅

大阪の問屋街

玩具　菓子　花火　文具　人形の店が通りをうめている
松屋町筋《まっちやまちすじ》
ここには子らが群がりそうなものがたくさんある
好きなものを選んで自分でお金を払う
駄菓子を買うのは子供にとっては人生一番最初の買い物
銭を握りしめた手と笑みがこぼれ落ちそうな子らは何処に

井池の繊維問屋街
通りは人であふれ弾き飛ばされそうだ
でも仕入人の姿はない
一見さんお断りの店なのに買い物客で満杯だ
産着から死に装束まで取り揃えており
いかようなご要望にも対処できます
卸問屋です

履物やの問屋街は御蔵跡にあった
日本橋《にっぽんばし》三丁目に
堺筋の入り口から松屋町筋まで人の気配がない

靴が横を向いてお辞儀をしているが
商店の店先から履物が消えている

五階建ての店舗を建てるつもりだったのが
平屋の商店が密集している五階百貨店
日本橋の電気街の裏街にある
建築金物から電機・電器製品そして着物を含めた衣類まで
何でもそろう　無茶苦茶に安い
古物かバッタやとみまちがってしまう
客あしらいは人を人とはおもわない乱暴さ
これで商いが成り立つのが不思議
商いは奥が深い

＊大阪メトロ長堀鶴見緑地線　松屋町駅
御堂筋線　本町駅
堺筋線　日本橋駅

都市の死角

行き先表示のない地下鉄道は乗客もまばらだ
黙ったままの人は振動音に揺られ目を閉じている
急ブレーキがかかった

何もない風景のなかに地下の駅がある
靴音だけが時を刻む声に聞こえてくる
水がにじみ出ている階段をのぼると
天空の中に入ってしまった
空の片隅に疲れがあがっていくようだ
締め付けられたところからの解放感は
途方に暮れて行き場のなくなった虚無のかたまり

これからどこへ行くのか
ビルが建っているわけでもない
建造物があるわけでもない
すすきがなびいている駅前の広場には
矢印だけが光っている
打ち捨てられた看板が方向を示していた

大阪の廃墟のような行き先のない街
住んでいる人はいるようだけれど
交差点のすぐ近く
看板にはなんの飾り気もなく
「ホルモン・料理・酒・めし」と書かれている
暖簾には「ホルモン焼き　人恋し」とある

ただ黙々と歩いているが
方向が定まっていない
行き場のない人がいっぱいいいる
都会の死角の外で
自分の視角を求め
矢印をさがしている

＊大阪メトロ御堂筋線　なかもず駅

久宝寺寺内町にて

桜並木の長瀬川は
勢いをつけて住宅街を横切っている
もとは大和川
付け替えられた
太っている鯉の群れが大口を開けて何かを待っている
鷺が二羽　川中を悠々とお散歩
本町橋付近には久宝寺船着場跡の碑が立っている
橋の袂に灯籠が寺内町の方向を示していた

本願寺第八世蓮如が久宝寺で布教
顕証寺を建立　その御坊を中心として
久宝寺寺内町が誕生した
東西に七本　南北に六本の路が
碁盤の目状に走り
周囲を二重の堀の環濠と土居で囲み
六か所の出入口で町を守った
商人も職人、神社仏閣も取り込んで
自治を敷いて

久宝寺城主の安井氏に支配権を任せた

今も水路が走り
虫《むし》籠《こ》窓《まど》や漆喰壁、平格子、袖壁、腰板のある家屋敷がある
社寺や土蔵や道標、地蔵堂が通りのアクセントになっている
道標には大坂・平野が表示されている
ここは大坂と近く　交流があったのだ
河内綿が周辺を潤し
久宝寺も繁栄の中にいた

二軒長屋、五軒長屋が
ネジ、ナット、ボルト、金網の町工場に変身していた
その隣には虫籠窓　袖壁　格子塀を備えた豪農屋敷が
蔵付きで違和感なく町なかにいる
八尾は町工場で存在感を出していくのか

＊ＪＲ関西本線　八尾駅
　近鉄大阪線　　八尾駅

町なかの里山は

枚方のはずれに穂谷というむらがある
京田辺市　生駒市の方が近い
大和棟造りの民家が見られる
副業としての河内素麺で知られ
幻の酒蔵があり　富士霞という隠れた名酒が
地元ののどをうならせている

田んぼには初夏の落ち着きが
稲が水の中で遊泳中
畔はすこやかな輝きがあり
ネジバナが桃色の花をのぞかせている
背後の山は雑木林でおおわれ
山から流れ落ちる水の音も聞こえる
棚田は一枚の大きさが広く
強い照り返しが稲を光らせ
豊かさを物語っている

遠くから見える

山ぎわで若い女が車を止めた
畑仕事か
透きとおったうすいピンクの上衣とピンクのクツ
長靴にはきかえた
稲をかきわけている
麦わら帽子の顔がのぞいた
うっすらと化粧がみえる

里山を背にした棚田から
道路の車列が見え
騒音が稲田を駆けあがって
うっすらと眠っている稲を揺り動かした

＊京阪電鉄　枚方市駅より　京阪バス　境橋下車

大東市御領にて

住道駅から北へ
工場群と新しい住宅街の中に
突如と現れた
焼板塀の段倉と清らかな水を湛えた水路
「御領せせらぎ水路」と呼ばれている
水路にはすいれんが浮かんでいる
田舟が田舟小屋を出て
長屋門と土蔵を構えた豪農屋敷の傍を
御領神社と大クスノキがある菅原神社
そして西福寺に囲まれた水の道を行く
三角屋根の屋敷
新しい河内の原風景
「水郷の町　御領」は昔なつかしい風景の中を
かすめていく

御領は河内地方特有の低湿地帯で
稲作や蓮根栽培が盛んだった
大和川の改修・開拓で河内木綿が産業に躍り出てきた

水路を使って大坂の消費地に近づいていった

今の景観は
中世の環濠集落の雰囲気を漂わせている
水路が部落を囲み神社・寺が
人とのかかり合いを強めていった

静かだ
生活の匂いがない
清水が人の心をつなぎ
水路と共にある暮らしが
この村をこの町を
古い町並みを活かせるという位置に押し上げていくようだ

段倉…水路に面した農業用倉庫（大東市）
＊ＪＲ学研都市線　住道駅

吹田の古い町並みと今

岸辺に巨大なビル群が集結しそうだ
市民病院・循環器病センター
医療機関の建築物が岸辺駅に覆いかぶさってくる
ここは元貨物の操車場
貨物駅が復活してコンテナも集結している

旧まちなか
古色にそまった羽目板張りが
筋目のうつくしさをきわだてている
長屋門のある重厚な屋敷構え
緑の植栽が漆喰塗りの白壁との調和でひきつける
江戸時代の大庄屋
寺も西福寺・大光寺等多くある
ここは吉志部《きしべ》といわれ
岸辺駅にほぼ近い

沼地の湿地帯
田舟が行きかっていただろう

水抜きで水田に替えた
穀倉地は富裕農家を生み
流れてきた先代は支配層に躍り出た

小高い紫金山の中腹に吉志部神社が鎮座
小山から見える下界はささくれだって
細切れの家々がマンションの谷間に遊泳している
ここは住みつかない悪所と言われた
この奥深い片隅に吹田市の博物館がポツリと居座っている
また　みつばつつじの名所なのだ

時代の変化は
不毛の土地を放さない
これからも

＊ＪＲ京都線　岸辺駅

高槻　三箇牧《さんがまき》にて

三箇牧って何処
高槻市の柱本・西面《さいめ》・三島江《みしまえ》・唐崎の地域

淀川を背景に稲作が地域を潤してきた
今もきれいな田んぼも刈入れがおわっている
ここには牧場もあった
それも奈良の時代から
都での使役やいくさ用の馬のための牛馬の飼育場
半世紀前までは乳牛の姿も見られた
対岸の枚方との渡し場もあった
能勢の妙見山や神峰山寺への参詣で賑わっていた
堤防下に妙見灯籠が残っている

ここは洪水に悩まされ　悪水のはけ口に苦労していた
島村領内や鳥飼領内に落とすため
三箇牧井路《さんがまきいじ》を造った
これが三箇牧の発展につながった

村内には蔵屋敷が散見
田畑の畔も広く
畑はなく　ほぼ田んぼばかり
村の裕福さが見て取れる
僻地の村ながら回遊する路は広く
先人の英知と財力が隅々まで届いている

コスモスに夕陽があたっていた
四層の段倉を屋敷内に抱え込み
白と黒のコントラストがまばゆい
もみ殻のこやまは輝いていた
この田園風景は
こころの中をじっくりと濡らして
じっとたたずんでいた

段倉…洪水に備えた家屋敷（高槻市）
＊ＪＲ京都線　高槻駅・阪急京都線　高槻市駅より
　市バス　三箇牧校前下車

高槻　芥川宿の今

ビルの谷間の先に
細い道が弱々しく見えてきた
旧西国街道の町並みが
京と西宮を結ぶ宿場町として栄えた芥川宿
切妻造り、厨子《つし》二階建て、虫籠窓《むしこまど》、漆喰壁に格子窓がみられる
素朴でシンプルだ

芥川宿にはいろいろな地蔵さまが鎮座しておられる
子どもを抱いておられるのも
ここで一休み
四十丁の道のりを神峰山寺へと
道標が示している
金毘羅常夜燈もある
四国の金毘羅宮へお参りする旅人のための道標
江戸時代は信仰心と行楽をお寺参りにかけていた

街道筋は
建て替えが進み　新旧入り混じった町並みになっている

宿場町の面影が薄れつつあるのに
景観の良さが消え去らない
壁面の位置が揃っていて
一体感を醸し出しているからか

町家を活用したカフェがあらわれた
店からネエチャンが出てきた
固く絞った雑巾で看板を磨き上げている
振り向いてにっこりと
いらっしゃいませ
町にとけこんだたたずまいは
店を光らせ
街を光らせている

＊ＪＲ京都線　高槻駅
　阪急京都線　高槻市駅

泉佐野　大木地区をゆく

和泉山脈の山並みに囲まれた集落は
秋の影を落としていた
稲刈りを終え　田を休めている
でも彼岸花の赤さとカキの実の色づきでにぎやかだ

日根荘の領主前関白の九条政基が下向し
戦国期の混沌とした時代に領地を巡察している　四年間も
貴族が衰退　武士割拠の乱世に
動かない都人が統治のためにやって来た

地形を活かして
ため池や用水路の開発
情報や物流の要衝である粉河街道を整備
水間道が粉河と水間寺の往来を取り持った
また　地形を効果的に利用するため
犬鳴川の川石を
屋敷地や田畑の傾斜地に乱れ積みを
住民も

講を催して寺社堂を盛り立てていた
祭礼の引出しものの地車も収納庫に

里山の頂の西光寺から見える棚田は
中世からのいただきもの
暮らしになかに織り込まれたいにしえの匂いがする
白壁の蔵が散見
どの屋敷も風土に溶け込んで
瓦葺の屋根も苔むして光っている

暑さを取り込んだ栗のいがも
水路ぎわの畦道に弾けて寝息をかいている
痩せた実が痛々しい
清水は変わらずに用水路を滑っていく

＊南海電鉄南海本線　泉佐野駅

二　湖西のたたずまい

湖西のたたずまい

水を張り終えた田んぼは
早苗がリズムを呼び起こし
光の束が樹木の影を引き連れている
駅舎のそばに
農夫の動きと重機が見える

鉄路の軋み音が湖西の流れを動かし
京への標を揺すっている
甘い誘惑を振り切って
うちへの魅惑を秘めた山野が
磨き上げられてみずみずしい
みどりの色合いにも深みがあるとは
濃淡に差すくるおしい刃は鋭い
魅せられた色彩はふるえて止まらない

水田の中に石垣を巡らし
墓石が南面に
水路が垣根を濡らし

亡者の城を守っている
彼らのつぶやきは
天空に舞い上がりじっとしているようだ
何も変わらないのが
さりげないのが

揺れている雲が
もどかしそうに青空を突き抜け
近江の湖に風がさすらい
比良の山並みが突き刺さってひろがる
知り尽くした自然人がいて
水のしずくに耳を傾けている

＊ＪＲ湖西線　近江高島駅

在原《ありはら》には

茅葺き屋根の田舎家が
軒を寄せ合ってたたずんでいる
屋根が上に伸び
一寸法師の家屋版

神社横の杉の大木は鎮守さま
都言葉がきこえてきた
畑仕事に出かけるおばあさんだ
はんなりとしたしなやかさがそよいできた

戦いに敗れて
都落ちの武家　貴族が隠れ住んだ
平家の落ち武者は
地元の百姓娘と隠し田を耕し
険しい里で穏やかな営みを膨らませていった

流れの速い川に
青に抱かれた近江の湖

空を覆う落葉樹林の群れ
額ほどの畑が黒々としている
谷を渡る風も心地よい

自然を抱く心は温かい
心をつなぐ目線もあたたかい
人の世をからませる心は厳しい
明日をつなぐ心もきびしい
今も
里と人はつかず離れずに生きている
生きる約束を
何処で護るのだろう
いまにも雪がやってきそうだ

＊ＪＲ湖西線　マキノ駅より　湖国バス　在原口下車

彦根市河原町芹町界隈にて

河川を付け替えて形成された町並み
寂しい道沿いに
切妻造り、瓦葺き
虫籠窓《むしこまど》や袖卯建《そでうだつ》のある厨子《つし》二階の町家が建ち並ぶ
ここは重要伝統的建造物群保存地区に選定された

江戸時代には彦根城下に三万数千人が住んでいた
この町には米屋や酒屋、油屋、菓子屋、塩屋、たばこ屋など
三十を超える生業が営まれていた
農産物やたばこ、蚕糸などを産出した中山道や多賀につながった
　交通の要衝だったこともあるのだろう
芹町は外堀と芹川に囲まれる「外町《とまち》」だった
芹川の旧流路の一部を外堀として活用
周辺には折れ曲がったり、食い違ったりする道が見られる
善利組足軽組屋敷があった
通りに面して格子戸と板戸からなる木戸門を構え
周囲を板塀で囲んでいる
今も生活の匂いが流れてくる

足軽組の辻番所もある
有事の際には城の南側の防衛線の役目を果たしていた

近代以後も商業地として栄えた様相を伝えている
理髪店、郵便局
銀行等の近代建築、表構えを洋風に改造した町家等もあり
町並みに変化を与えている
芹川に架かる芹橋を渡った対岸は旧称七曲がり
仏壇仏具を扱う店がひろがっている

芹川の堤からは彦根の城がそそり立って見えるが
この城下の動きは忘れられ
今の町並みは寂寥の影がこびりついている
なりわいをどこに求めるのか
町並みから何も見えてこないが
厳しさの中に何かゆとりが垣間見える

＊ＪＲ東海道本線　彦根駅
近江鉄道彦根・多賀大社線　ひこね芹川駅

旧中山道　鳥居《とりい》本宿《もとじゆく》を歩く

中山道の石標が
昔の旅装束を身にまとった旅人の像が出迎えてくれた
多賀大社の鳥居がここにあったことからこの名がついた
ここから鳥居本宿
京街道と北国街道の分岐点にあって
交通の要衝だった

松並木が現れるが　木が若いし疎らだ
白漆喰塗り籠めの虫籠窓《むしこまど》、袖卯建《そでうだつ》、格子、出格子の
町家が現われた
藁葺き屋根の町屋には苔が生え
家を飾って歓迎してくれた
こちらは呉服屋跡の看板が掲げられている

道中合羽の看板が見える
「木綿屋」は戦前まで製造していた
最盛期には十五軒も
和紙に紅殻を混ぜた柿渋を塗ることで防水性と保温性を高めた

江戸時代の旅人にとって必需品の道中合羽は
鳥居本宿がその産地
雨の多い木曽路を控えた旅人が買い求めた
またまた合羽と同じ形をした木製の看板だ
こちらは「合羽所　松屋」

桝形道の切り返しにある古民家は
今もどっしりとした風格を漂わせる
三五〇年以上の歴史を持つ「赤玉神教丸本舗」の有川家
九種類の生薬を配合した和漢健胃薬
飲み過ぎに効果てきめんだという
今も盛業中だ

本陣跡、脇本陣も説明板のみ
宿場の終わり近くに常夜燈
豪華に
格子の扉が嵌められ　屋根は檜皮葺
擬宝珠《ぎぼし》まで乗っている

専宗寺の丁字路際に右彦根道　左中山道　京いせの道標
彦根城を結ぶ脇街道として整備されたが
朝鮮通信使が通ったことから朝鮮人街道とも呼ばれていた

地蔵盆で忙しい旧街道の町並みは
静けさの中で浮き足立っていた
旧家の多いこの地方では
盆の恒例の催しなのだろう
お供え物の飾りつけに忙しい
子らの笑顔がまぶしい

＊ＪＲ東海道本線　彦根駅
　近江鉄道彦根・多賀大社線　鳥居本駅

水口《みなくち》にて

東海道の宿場町
元は水口岡山城と水口城がある城下町
城主は中村一氏から中東正家へと
豊臣家の重臣から徳川家に

三筋町として発展した城下町にも
古い家屋敷が街道沿いに残っている
旅籠の建屋らしきものもある
魚や仕出し屋、呉服店も
商っているのか
ゆったりとした時が流れているが
街道には車がたてこんでいる

良い米と水があれば酒造り
甲賀には美冨久酒造
銘柄がいくつもある
甘口から辛口までどれが合うのか
飲み比べているうちに酔っぱらってしまった

ほどよい落ち着きが町並みをつくっている
町は縮んでいる
それでも生活が押し寄せてくる
人は息を吸い込んでいるが
この土地で暮らしを立てるには厳しさが
迫ってくる
取り残されても生きる術は
産物と技をよりどころに活かすことか
景色は夕やみの中に入って
ほのかな灯りが街を浮かびあがらせていた

＊ＪＲ草津線　貴生川駅
　近江鉄道水口・蒲生野線　水口城南駅

三　丹波にて

酒米の故郷　播州《ばんしゅう》吉川《よかわ》

芳醇な味わい
味わいを刺激するまろやかな香り
日本酒を口に含んだ時の味わいは
心の隅を突つかれ　身体の張りを和らげる

土を育て　水を守り
自然に寄り添い　自然を生かして
酒米　山田錦が育てられた
伊勢詣で惚れこんだ酒米が
伊勢山田から吉川に根をおろした
粘土質の土壌、朝夕の大きな気温較差に
先人の知恵と粘り腰の努力と選択改良が
良質な酒米　播州米を酒造家に届けた

酒の旨味、風味は　良い米と良い水が
杜氏の腕で磨き上げられる
旨さに酔いしれて
絆の芯は深まっていく

心を酔わせ　心の中をさらけ出す
まろやかな酒とまろやかな心が絡み合って
宴の活況はふけゆく

優れた製造人、酒蔵が
飲み手が憧れ、誇れる酒を造りつづける
飲み手のたのしみは香り高い味わいを
舌先に転がしてのどを鳴らす

旨き酒
心をとろけさせ
自分の行く手を広げて見せ
広げた先に見えてくるものは
山田錦の故郷のこう野だろうか

＊播州吉川…兵庫県三木市吉川町

女心の先には

亀山の里にやわらかい霧がかかってきた
良質の米、伏流水に恵まれた
ここは丹波の造り酒屋

幼少の頃から酒蔵を遊び場に
南部杜氏とともに
麹の匂いを友に
将来の夢を育んでいった

数百年の歴史を刻んだ酒家を浮上させるには
歳月だけではなく
女の知恵と才覚で
女心を酒に
男の技を女の感性の中に取り込んで
女の香りが酒蔵から輝いてくる

純米酒にこだわって
絞ったままの無濾過の酒も

伝統をまもりつつ
ニーズを見極めた酒造りを
女子《おなご》の目線の酒も
ワインを意識した五〇〇ミリリットルでコルク栓
アルコール度数の低い軽やかなお酒を

杜氏であり経営者
「このお酒　おいしおすえ！」
いのちをかけ
生きることへの一途の想いを追って
幸せとは何かと問いかけている

＊ＪＲ嵯峨野線　亀岡駅

丹波にて

丹波の忘れられた古い町並みを
穏やかな冬枯れが通り抜けていく

枝豆をぶら下げて
少女が裸足で歩いている
その姿に西日が当たって
そこだけが明るかった
紅のもみじと黄色いイチョウの枯葉が
路のなかほどで絡み合っていた
遠くで呼ぶ声が聞こえる
手を上げて応えた
古民家の影がたなびいて
少女の姿と二重写しになっている

誰と暮らしているのだろうか

枝豆の束が
畑の木の柵に架けられている

丹波黒が自然乾燥で水抜きをしている
丹波では黒豆の枝豆と猪が大手をふっている
添え物に丹波大納言がある
丸い手のひらサイズのおはぎは程よい甘みで
かみしめると小豆の香りがじんわりと広がり
ばあさんの味がする

まろやかでやわらかいのは水や山、自然の風景だ
人もまたまろやかでやわらかい
さりげない豊かさが自然を抱え込み
人をのびやかに柔らかくしている

もうすぐ盆地の冬が土地を凍らせ
あらゆるものを記憶のそこに閉じ込めるだろう
そして酒がうまくなる

＊ＪＲ福知山線　市島駅

丹波路の園部を歩く

丹波路は晩秋を受けていた
静けさに沈んでいる

園部は京都から山陰に向かう要衝だった
宿場町として栄え本陣跡もあり老舗の旅館もある
街道と園部川の間に
ロマネスク調のカトリック教会の建物が
中世の教会を思わせる端正さで輝いている
かねを叩く音がする　鍛冶屋だ
鍬をつくっていた
和菓子の店もある
造り酒屋の煙突が見える
町家や商家が古い町並みをつくっている
いろいろな店が揃っていて
秋の陽射しがまろやかに街道を通り過ぎていく
幕末の混乱期に新政府の京都を守護するために
陣屋から城に改築された

戦略上の価値がなくなったが
最後の城がここにある
昔は城下町だった

天守を模した建物も
端正な石垣が周辺に散見する
園部城の城門が園部高校の校門だ
威風堂々とあたりを圧している
高校生が下校時　振り返り校門に一礼していった

＊ＪＲ嵯峨野線　園部駅

三田の町にて

隧道を越えると
武庫川沿いに開けた三田盆地が広がってきた
快速が乗り入れて　大阪に近づいた

このいなか町に高層マンションが林立
都市型デパートがそそり立っている
ブランド品とカフェで大賑わいだ

武庫川を渡ると
三輪神社の参道が
一気にむかしの町並みが飛び出してきた
欄間彫りを営む店　それも社寺用だ
骨董品屋が整然とした品揃えで店を張っている
むかしの商店街が悠然と軒を並べ
豪商の名残をとどめる呉服商が点々と現れる
むっくり屋根、妻入り、平入り、うだつの上がった屋敷だ
金物店もみえる
本屋なのに衣料・雑貨品も商っている

九鬼家住宅がさんぜんと通りに現われた
一階は板張りと漆喰で壁を仕上げ
格子戸、障子戸、板戸を使用した和風造り
二階の壁は漆喰で
窓はよろい戸でベランダがあり
柱間をアーチ状に仕上げてある
玄関土間には駕籠が鎮座
明治初期に建てられた擬洋風の家老屋敷だ

高台に三田小学校がある　ここが城跡だ
校門横には石垣が積みあがっている
堀跡だろう　水が充満していた

三田九鬼家には波乱万丈の傑物が
英知・豪放・直情で九鬼家を盛り立てた白洲家
白洲次郎は自由奔放で昭和の侍
紳士として「理念」「規範」を貫き通した

礼儀作法を口うるさく言わなくても、大人の雰囲気の中で学んでいく
そして「きちんと暮らす」が白洲家の家風
「自分で考え、自分の信念に従って行動する」と
三田の傑物には主家をたて　おのれをたてた人が多い

＊ＪＲ福知山線　三田駅

里山

初夏
丹後の山間部の集落
山辺にカツラの大木
タニウツギの白い花が咲いてきた
田んぼには水が張られ
有り余る膨らんだ光が射している
棚田の水が温んで
田植えの季節

八月　稲の穂が出始めた
畔の草刈りに大忙し
花が咲く草は刈り残す
自然を残してくれた祖先への感謝の気持ちを
お盆に手向ける

九月　実りの季節
稲穂がたれ下がり　今にも弾けそう
彼岸花の狂らん　畔に真紅の絨毯が

いじわるモグラが逃げていきます
十月　鳥たちがやってくる
田んぼに水を張り　生き物に棲み処を
彼らが豊かな土壌を育ててくれる

自然に手をかけた環境作りのサイクルは
里山の風景につながってくる
水を蓄え　光を受け止め
時間をかけて
豊かな実りを　美味しいものを
虫が生き　草木が人に寄り添い
里には里の生活が
人が活きる活かせる仕組みがある

＊ＪＲ福知山線　黒井駅

篠山《ささやま》のはずれの宿場町

なだらかな山並みが幾重にもかさなり
山を背にして　集落が点在する
ゆるやかな棚田が見え隠れ
山々は集落をそっと見守るようにたたずみ
それらの間を川がながれる
丹波の村並みの姿だ

それに続く街道沿いに町並みが現れる
京へと上がるのぼり道
農業を生業の篠山盆地に町並みが広がっていった
江戸期に宿駅に指定され宿場町となった
農業と兼業で旅籠や茶店を営む家が出てきた
これが街道に出てきた福住《ふくすみ》の町並み
切妻入り、茅葺き屋根の民家の宿場町
その面影を今も色濃くとどめている
茅葺き屋根も見える
旧国鉄もこの町に来ていたが
近代化の影響も受けずに

農業を主たる生業にしたおかげで
農村集落としての景観が続いている

篠山の城下は木《こ》山《やま》の向こうに見えるか
賑わいはここには届かない
デカンショ街道は集落の上をかすめて往き来している
山《やま》端《は》の町並みは
籾《もみ》井《い》川《がわ》に寄り添ってしずかに生きている
なにごともなかったように
田んぼの水は満杯だ

＊ＪＲ福知山線　篠山口駅より
神姫グリーンバス　福住下車

ちりめん街道を行く

与謝峠を越えると丹後に入った
大江山連峰に囲まれた盆地の片隅にあった
どこにでもある山里　加悦《かや》の町だ
古くから丹後と京の都を結ぶ絹の道として栄えてきた

秋の激しい気候変化「うらにし」と湿度の高い土地柄が
ちりめんを産業に押し上げた

町の中心から外れた旧街道がちりめん街道と呼ばれ
その両側には織物業者が町並みを連ねている
出格子と虫籠窓《むしこまど》、玄関先の彫刻の豪商
丹後産業銀行の蔵跡、大正期に建てられた医院
旧町役場、造り酒屋、郵便局も建ち並んでいる
機織りの音が路地のすみから聞こえてくる
昔のたたずまいの旅館が訪れる人を待っている
所々に旅篭《はたご》もある

丹後縮緬の大量輸送の手段として鉄道まで引いてしまった

京への道を開いたのだ
鉄道事業を起こし、銀行も経営した先駆者は
進取の気質をこの町に残した
昭和期には洋館建ての町庁舎も建てられた
後世のために町づくりをしたのだろうか

この町の裕福さは
神社と寺の多さと異様な仏閣の楼門にも
家屋にも
家々の瓦も個性がいっぱい
玄関横の格子も
縦の長い木の間の短い木の数二本であれば呉服屋
三本は糸屋、四本は機屋、格子の形状は職業を表していた

加悦は垢抜けした都の匂いがする
静かなおとなしい町に
また機織りの音が響いてきた

＊北近畿タンゴ鉄道　野田川駅

若狭小浜には

すれちがった女性の何気ない会話の中に響く京ことばに
艶があり　みやびいている
ここは茶屋町　三丁町《さんちょうまち》
歩いているとかすかに三味線の音が聞こえてくる
小気味よい響きは
心もちを華やかにする
ここは細い路地が入り組み、肩を寄せ合うように
家屋が立ち並ぶ
平入りで千本格子
料亭や小料理屋は
目立つ看板も出さずひっそりと営まれ
京都の町並みの風情をかもし出している
人影まばらな昼間の小路はひっそりと
陽が傾き　夜の帳が降りる頃
三丁町はゆるやかに灯りが滑っていく
粋な姐さん　玄関脇のくぐり戸よりにじり出る
裾さばきもあざやかに褄を高く取り
着物の裾から赤い蹴出しをのぞかせて

お出かけだ

三味の音を聞きながら
夜の町をあてもなく、そぞろ歩くとき
しっとりとした艶やかな高揚感がふってきた
過去に惹きつけられた町の魅力が
弁柄格子のある家並みからかもし出され
三味の音色が町をふるわせる

女将が芸者を送り出す
「きぃつけよしや！」
「おおきに！」
挨拶に日常生活の知恵を乗せて
京の雅が今日も行き交う
今日の灯は昨日の灯を越えて輝いていく

＊ＪＲ小浜線　小浜駅

丹後の海

海を見ると心は青く澄んで広くなっていく
日本海は波もなく
かもめが低空飛行で遊んでいる

高台の道の駅　舟屋公園から
伊根の町が湾を取り囲んで浮き上がって見える
舟屋が玄関を海に向けて開いて
水際の家々に汐の香りが吹きこんで
波絵を描き出している

静寂の湾内には
幾何学模様の丸・四角の筏が組み込まれ
穏やかな入江のさざなみと舟屋の甍の波が
黒と銀との照り返しで光っている

伊根湾の入り口にまもり島
青島が浮かんでいる
波を切り　季節風を切っている

背後には里山が
人と舟がともに暮らす里海

空間が無限に独り歩き
時間がたっぷりと漂って
やすらぎとしあわせが這いあがってくる
わたしの伊根が心の中に入ってきた

＊北近畿タンゴ鉄道　天ノ橋立駅より　バス　伊根下車

四　大宇陀の町並みは

上下町《じようげまち》の町並みは

日本海に注ぐ江の川水系と瀬戸内海へ注ぐ芦田川水系の
分水嶺の地　上下町
山陰の大森銀山から瀬戸内海へ銀を運ぶ
石州街道（銀山街道）の宿場町として栄えた
数多くの両替商が軒を並べていた
この盆地が繁栄できたのは
上下川の水運のおかげであろう

白壁の道に歴史の面影がただよっている
黒漆喰なまこ壁の二軒連結した商家
旧財閥角倉家の蔵が上下キリスト教会に
屋根に展望櫓と十字架が載っている珍しい建物
古い看板が残る薬局商家
大正時代に建てられた木造建築の劇場　翁座
旧警察署は食事処として使用されているが
見張り櫓は当時のまま

この町並みには古いものも昔のまま

古くても活かせるものは店風を変えて守られている
街道には古き良い時代の雰囲気がそのままにあり
日常の居住空間として活きている

明治期の文豪田山花袋の小説「蒲団」のモデルという
岡田美知代は上下町の旧家の生まれ
文学の道をめざし、花袋に師事
離婚後、アメリカに渡り
帰国後も文学を語り
最後までペンを持ち続けた
新しい道を志した女がいた

おばさんに道を聞いてみた
何処から来たのかと
古き時代の顔で案内してくれる
白壁の似合う町には
人の好い　人恋しい人がいる
町並みからは包み込むようなぬくもりがもれてくる

＊ＪＲ山陽本線　福山駅より　福塩線　上下駅

松江にて

島根平野は稲の穂が垂れ下がり刈り取りを待っている
宍道湖も物静かにたたずんでいた
一畑《いちばた》電車に揺られて松江にやって来た

水の城下町　松江
水の風景は懐かしさと安らぎを引き付ける
堀を和舟でくぐる堀川めぐりで松江城の内と外を
堀が石垣でなく山城の名残りの土積みの箇所もある
こんもり繁ったエノキや松の枝が水路に深い蔭を作り
深山の趣さえ感じさせる
橋をくぐるときは日除けの屋根が下がってきた
腰を屈め頭を下げて通り抜ける
何事もなく抜けて行った
安堵の顔を見合わせてしまう
船頭の名調子と博識に酔ってしまった
十六の橋をくぐり抜け
塩見縄手通りが見えてきた
武家屋敷が老松に映えて美しい

堀端には近代的なビル街が林立している
町家では花の手入れに忙しい人も見かける

舟を下りて
中級の武家屋敷が居並ぶ塩見縄手通りを行く
松江歴史館へ
瓦屋根の武家屋敷風建物
松江城天守を借景に日本庭園を眺めながら
作りたての和菓子をいただく
ゆったりとした和の空間は別世界のおもむき

真夏の照り返しは
身も心も悶えてしまう
それでも
見ておきたいものがある
歴史・自然・人がおりなす複合美が
この町の魅力を磨き上げている

＊ＪＲ山陰本線　松江駅

三江線《さんこうせん》を行く

ワンマン列車が行く
乗客はすべて観光客だ
来年三月廃線になるという

線路に沿って江の川が走り
時間がゆっくりと流れ
列車も非日常な空間を切っていく
川元から立ち上がった霧が
列車の行く手をよこぎっていく
江の川の上手には
一軒家が崖にへばりついていた
辺りの風景をどのように見ているのだろうか
江の川は水運の要路として利用されてきた
漁もしてきた
川は人々の生活を支え　人々を繋ぐ場所であった

民家のすぐ隣を列車が走る
急に角を曲がった

そして　トンネルに吸い込まれていく
ゆるやかに視界が戻ってきた
暗闇に閉じ込められた後の光は
やさしさにあふれていた
駅舎がない
レールが坂の上を伸びていく

列車が急停車
線路上に倒木が蔽いかぶさっている
運転士が鋸で取り除こうとしたが
百名の乗客は取り残された
でも乗り人は何事もなかったかのようににぎやか
子らははしゃぎまくっている
待つ時間の愉しさは
悠久の時をこえるひとときをもたらしてくれた

三江線…ＪＲ三次《みよし》（広島県）―江津《ごうつ》（島根県）108.1㎞
2018年3月31日廃線
＊ＪＲ山陽本線　福山駅より　福塩線　三次駅

しょうゆの町　紀州湯浅

雨脚が行く手をくもらせる
町に足を踏み入れると
馨《かぐわ》しい香りが流れてくる
どことなく生暖かく
生き物の呼吸を感じるような匂い
道標あり　右きみゐてら
熊野三山へと続く熊野古道が通る宿場町

大仙堀という川からつながる掘割沿いに
醬油船が休息していた
白壁の醬油醸造蔵も並んでいる
小路に沿って
瓦葺き屋根と繊細な格子の町家
格子を漆喰で塗った虫籠窓《むしこまど》
軒先にぶら下げられた幕板

江戸時代から使われている醬油蔵には
明かり窓から細い光だけが入り

「蔵付き酵母」が棲んでいる場所
酵母菌の重みがずっしりと積み重なっているようだ
これが醸造家の財産なのだろう
気温とながい年月が旨みを助成し
深いコクのある濃い口の溜り醤油ができる
醤油屋、金山寺味噌屋、麹屋が軒を並べる湯浅の町並みは
ここは醤《ひしお》の町だと物語っている

醤油しかない町
香ばしい匂いが立ち込める

＊ＪＲ紀勢線　湯浅駅

御所《ごせ》の町並みは

大和の片すみのまち
古代の重みがつまっている
巨勢氏・葛城氏・蘇我氏の興隆の地

葛城山の山肌は未だに雪をかぶっていて
御所の町を見下している
鉄路は片線のみで淋しさがせまってくる
駅前から商店が連なって
繁栄の面影があった

古い町並みは
葛城川の西側に展開されている
町内は碁盤目状になって
町割や堀跡に城下町の面影を残している
背割り下水と環濠も
売薬製造や菜種栽培による絞油業
そして大和絣の店跡がある
切妻造りの中二階建て、白漆喰塗り込めの虫籠窓《むしこまど》

袖壁や煙出しもある大きな商家

古い町並みの中に
近世に建てられた重量鉄骨造の店も威風を残している
眼鏡店・結納用品の店・仕出し屋・肥料店
洋品店・和装店・薬店・酒店
先だってまで盛業していただろう
伝統的な建物が建ち並ぶ町からは
明治・大正・昭和・平成と流れてきた時間と生活の積み重ねが
　見て取れる

今のこの静けさは時代の流れとはいえ
古代の豪族は
ここがやまとの中心地だと念じていただろう
哀しさとむなしさに包まれた古い町並みは
達観した心映えがちらついている

＊ＪＲ和歌山線　御所駅
　近鉄御所線　近鉄御所駅

大和五條　忘れられた町並みは

吉野連山と金剛山地に囲まれ
吉野川が滔々と町をかすめている
町並みの整った美しさは静寂の中にいた
五條は
水運の船着き場であった宿場町、市場町として
多くの人馬が行き交って
物資が集散していた
旅籠のなごりの旅館がそこかしこにある
造り酒屋、和菓子屋、薬局、肥料店
商いと暮らしがともにあるたたずまいは
ゆっくりと流れていく
そして
旧紀州街道に家並みが軒を連ね
格子や白壁の普通の家屋敷に風情がある
人の往来が疎らで
何を求めているのか

町角に

立ち続けた時はどれほどか
町が息をしているのが不思議なくらいだ
時を超えて生きる町家は
おっとりと立っている

重みのある孤独を支える未完の橋梁が
新町通りのはずれに現れた
五新線の残がいが自然の中に
海への鉄路を夢みた
紀伊半島縦貫鉄道も幻となった

大和五條は
明治維新の激動期には歴史上に躍り出た
若い公家を盟主にかつぎ出し
倒幕の旗を掲げた天誅組
五條代官所を襲撃したが大義を果たせなかった
が
現代の激動期にあっても

悲哀のこもった近世の発祥の地は
歴史に埋没せずに今も在処を示し続け
流れの中での険しさが五條の町に出ている
でも
歴史だけが際立って
奈良大和のはずれで何ごともなく
町並みが沈んでいた
今に生きる厳しさの姿が見えてこないが
何が必要か語りかけているのでは

今日も日が暮れた
暮れた先に朝靄が来る

＊ＪＲ和歌山線　五條駅北口より
　奈良交通バス　五條バスセンター下車

大宇陀の町並みは

大和高原の山並みをぬってやって来た
春霞が山里に流れ
咲き始めた桜の色とかさなって
ゆるやかな春らしい風景が広がっている
こんなところに町がある
京都や奈良と伊勢をつなぐ要衝だった

宇陀川が外堀の城下町から
江戸期には
商家町として繁栄し
宇陀千軒と称された
通りに沿って「前川」と呼ばれる水路が走り
古い町家・寺社は工夫がこらされ
端正な景観を醸し出している
町家越しに山並みが迫り
歴史の重みを伝え
背景の裏山には豪壮な石積みも見える
ここが大宇陀松山

営みの品を扱う店屋も垣間見え
古い町並みに生活空間が根を下ろしている
旅籠や料理旅館もある
元森野薬草園の吉野葛本舗も盛業中
酒家・つけもの店・和菓子店が多い
薬種店も存在感を見せている
医家が多いのは裕福だったなごりか
家々はしっかりと保守され
江戸期から昭和期までの時代を積み上げた特徴が出ている
町家建築の博物館

路地奥には洗濯物が見え　暮らしの息遣いが漏れてくる
赤い郵便ポストが寂しそう
となりの青電話でばあさん長電話
どこへかけているのか
左　京大坂の道標あり

＊近鉄大阪線　榛原駅より
　奈良交通バス　大宇陀高校前下車

五　真田家の美学

旧城下町柏原《かいばら》には

平日の昼前　柏原駅に降り立った
訪問客は誰もいなかった
路地先に
織田家の家紋が入った街燈が見える

藩祖の織田信包《のぶかね》は織田信長の実弟
豊臣政権から徳川政権への激動期に家を保つことに成功した
城下町を歩くと、大手通り、広小路、上之小路などにその名を残し
それらの小路を歩いていると武家屋敷の家並みや
格子、土塀といった武家町の面影が目にとまる
庭先の庇には駕籠《かご》がぶら下がり
町全体に昔の雰囲気が漂っている
織田神社の背後には柏原八幡宮の森が小高くひかえ
境内には三重の塔がある
陣屋に向かう通りに
樹齢一〇〇〇年の大ケヤキの根が奥村川を跨いで
自然な形で木の根橋をつくっている
武家屋敷の遺構を使ったそば屋がのれんを出していた

いまの柏原
平穏な丹波のいなか町
道行く人もいなかの人
地方事務所、 裁判所があり
この地の中核の町なのだろう
陣屋の遺産と前世の貰い物で大手を振っている
信長の潔《いさぎよ》さと対をなす柏原織田家のバランス感覚が
遺産を遺した
超える物がこれからの柏原に
何があるだろうか
よそ者の侵入者が
町並みに寄りかかりじっと考えている

＊ＪＲ福知山線　柏原駅

真田家の美学

九度山は山間のへき地
生きるにも削れるものがない　産みだすものもない
この地に家康が閉じ込めた

上田平での攻防で得た寡少《かしょう》戦をもとに
九度山には狭い路地が縦横に張り巡らされ
戦いの場を想定した拠点を構築した
苦節十四年
極貧と極寒の地で耐え忍び
兵を養い
真田紐を織り、全国に売り歩かせ、生計を支え
諸国の動静を探った

人の戦いはいつか滅びる

生きることから戦いへのこころの泡を
何処にかきたてたか
海野氏の庶流の真田氏には

小豪族で兵力も領地も寡少
無い物から得るには小を智力で大にした
そして炎たつ真田の怨念は地底から
反逆心をたぎらせていった
郷里に帰りたいという父昌幸の執念と
秀吉への恩義に報いるという名分と
幸村自身のあり方を天下に誇示したいという士魂が
大坂城へ駆り立てた

赤備えに身を固め
家康の本陣に迫る凄まじさ
寡兵で勝つ兵法と孫子の兵法の正統派を駆使して
戦国最強の戦さ人が見せた闘いは
二度の戦にも敗れた
滅びの美学は
突き抜けた怨念の上に
自分自身の戦に滅びた真田幸村の潔さがあるのだろう
真田家の美学は

背水の陣でのおのれを生かす術なのか
生きることは苦しい

＊南海電鉄高野線　九度山駅

旧城下町ぶらり歩き　篠山《ささやま》

ここは丹波篠山
デカンショの故郷　猪の里
山郷に拓けた田舎情話の田舎の郷
栗酒、しし肉、米どころ
ここは京のとば口

傾げた冠木門《かぶきもん》に
柿の木が覆い被さり　熟した実が二つ
古木がいにしえのたたずまいをふりかえり
今にも武家が出てきそうだ
屋敷は静寂の中

掘割りにすすきが被さり
石畳の急坂は七曲り
城門が前面を見つめ
登城する武士の群れを睥睨《へいげい》と警護
今日も政の端々を捉え　つかさどる

士農工商の階級制度も崩れ
藩政のトップは農民の経世《けいせい》学者
やりたくなる　やりたい庶民の力を掘り返し
経営層に商人　庄屋をはりつけ
企画創設で出来上がったものを作り直す

誰もが痛みを痛みとして受け取り
自分をいじめて　いじめ尽くして
いじめ尽くすとその中から見えてくる
自分が　周りが見えてくる
それが自力再生の出発点

自家経営も他家経営も痛みを掘り下げ
自らの標を定め　曖昧さをぬいて
燻《くすぶ》っている力を引っ張り出す
他力も自力も信ずることで
居心地の良い場所にたどり着く

篠山の藩政改革　静かに　深く侵攻
みなの笑顔と凛とした姿態は
遠目にも強さの光が漂って
豊かさと心の豊かさはさりげなく
出来上がったものをどうしよう

＊ＪＲ福知山線　篠山口駅より
神姫グリーンバス　二階町下車

河内飯盛山《いいもりやま》に登る

山城址の飯盛山に登る

たかが三一四・三メートル
切り刻まれた山は要塞化
野面積みの石垣の残骸が急斜面に見える
虎口《こぐち》はいのちの出入り口
厳しく崖ぶちのすき間丸
水の手は確保され
ため池も周辺に散在
本丸　二の丸
馬場も設え
戦いの場と住まいの場を取り込んで
居住空間も山岳部にあるとは思えない

楠正行（小楠公）以後土豪、地侍等が占拠
三好長慶は四年間飯盛城で天下の采配をふるった
戦略の拠点　摂津　河内　山城　丹波　泉州を抑え
京にも近く　果敢な行動にも

戦国武将でありながら　長慶は教養人
茶の湯にも通じ　連歌の会も催し
キリスト教の布教にも理解を示したが
神経も細やかでうつ病で悩んでいた

時代は苦しい時だった
頼れるのは己の才覚のみ
やらねばやられる　周りは敵ばかり
戦いに明け暮れて　いつも頬杖を突いていた
でも
如何《いかが》する　生きるためにも
己を曲げることはできないが

＊ＪＲ学研都市線　四條畷駅または野崎駅

越前に朝倉氏あり

朝倉氏は
南北朝の時代に但馬の八鹿から流れてきた
越前の一乗谷に勢力をふるってきた

両側に山が迫り
一乗谷川が流れ
谷底に城下が
どこにでもある山里に遺跡があらわれた
戦国初期の城下町

既存の概念を吹き飛ばす
板屋根に置き石
生活道路も幅広く
道沿いには大甕《おおがめ》を並べた紺屋《こうや》
鋳物師《いものし》、檜物師《ひものし》、刀砥ぎ技師などの職人の家や
医者の家が建ち並び　町屋を形成していた

町屋、屋敷内に井戸、雪隠を設えて

質素な造りにも生活の匂いがあふれ
人と人の輝きが吹きぬけて
ひざを突き合わせるような間取りには
陽ざしが一杯にふりそそぎ
雪深い山河は何処からも見えない

寺院も
武家屋敷も
中級家臣は町中の一角に
重臣の屋敷は山際に
一乗城山には自然地形をいかした山城を
荒々しい石組みに強い表情を持った石が城門を
息遣いがきこえてくるような防御の備え
生と死の狭間をかみしめながら
夢と希望のすき間をかいくぐってきた
壱百年の栄華は
死への恐れを越えることで凌《しの》いできた

夕やみ迫る町並みに
白鷺が舞い降りてきた
きらめく水音が微かに横切って
今も足元を見つめている

＊ＪＲ北陸本線　福井駅より　越美北線　一乗谷駅

雲海の竹田城址

死者の亡霊が山道を駆け上がる
武者の甲冑の軋み音が地下から漏れてくる
鍔迫《つばぜ》り合いの慄きが湧きあがる
闘いの激しさは木立をふるわせ
人心を狂わせる

虎臥城　ここ三五三・七メートル
猛将太田垣輝延《おおたがきてるのぶ》　穴太《あのう》積《づ》みの石垣を支えに
侵略者を切り返すも敗退
本丸　二の丸　三の丸　南北千畳　夢哀しい
山桜・赤松が大手口、虎口《こぐち》、搦《から》め手口《てぐち》を固め
険しい坂　守りの兵で群れあふれる
血の匂いと煙硝の燻りが闘魂を煽り
行く末を粉砕する

法樹寺《ほうじゅじ》・勝賢寺・常光寺・善証寺　防御の礎
円山川　堅固な外堀
但馬国人も一族郎党引き連れて
戦いの先陣に己を賭ける

但馬人の激情　何処に通すか

秋の末　雲海に包まれた竹田城
天空に浮かぶ幻城
戦い敗れた兵士の怨念が朝霧に飾り付け
城を魂の中に置き換えた
前世の置き土産は何時果たせるのか

竹田城と共に波乱万丈の歴史に翻弄された城下町
町並み　城への遠望、茶色の土塀、格子のある中二階建て平入り、
緩やかに曲がった路
加都《かつ》石《いし》の茶がすみの町屋の石垣が竹田の風情
揃った軒先は落ち着きに趣を添え
リズムの音が聞こえてきそうだ
今は昔　旅館、料理屋、茶屋
軒を競い合い　街を色づけていた
懐かしい町並みは何処へ行く

虎臥城…虎が臥せているように見えることから「虎臥城
（とらふすじょう・こがじょう）」とも呼ばれる
＊ＪＲ播但線　竹田駅より　シャトルバス（天空バス）

越前大野城

町なかから見える城は
孤高を守って　そびえていた
亀山にそそり立つ越前大野城は野面積み
金森長近が開いた城下町
京数奇の生涯を送った武将は
城下の町割りを京に模して
商人、職人を呼び集め、市を開き、神社仏閣を配した
甍《いらか》がならぶ寺町は
あらゆる宗派の寺院があった

水の音が聴こえてくる
網の目の水路から
冴えた音色は
道行く人を水の城下町に導いてくれる
伏流水《ふくりゅうすい》が湧き出て
この地は名水に恵まれ
寒暖の差が大きいことで
良質の米がとれた

老舗の酒の蔵元が多い

幕末期に大野藩政再建に尽くした内山良休《りょうきゅう》は
「そろばんを持て、刀を捨てよ」の藩主の命により
藩直営の商店「大野屋」を開き　特産物育成に力を注いだ
今も残っている地酒や醤油　味噌の蔵元が
大野の特産物を全国に発信している
幕末の大野屋の開拓精神が引き継がれ
㈱平成大野屋が
大野の最新情報を全国に配っている

＊ＪＲ北陸本線　福井駅より　越美北線　越前大野駅

永良 弘市朗（ながら・こういちろう）

1941年大阪市北区生まれ、
2018年11月20日、本詩集制作途中に急逝。

所　属　「ポエムの森」同人
既　刊　詩集『はてしなき旅人』（2015年　竹林館）

忘れられた町並みを行く　――名所旧跡詩集

2019年3月20日 第1刷発行

著　　者　永良弘市朗
発 行 人　左子真由美
発 行 所　㈱竹林館
〒530-0044　大阪市北区東天満2-9-4　千代田ビル東館7階FG
Tel　06-4801-6111　Fax　06-4801-6112
郵便振替　00980-9-44593　URL http://www.chikurinkan.co.jp
印刷・製本　モリモト印刷株式会社
〒162-0813　東京都新宿区東五軒町3-19

ISBN978-4-86000-405-7　C0092